QUESTO LIBRO APPARTIENE A:

INCANTO

Testi di Tea Stilton
Coordinamento testi di Margherita Banal / Atlantyca S.p.A.
Collaborazione editoriale di Giovanna Nicodemi

Coordinamento editoriale di Daniela Finistauri
Editing di Viviana Donella

Art director: Francesca Leoneschi
Copertina di Antonio de Luca
Graphic designer: Mauro De Toffol e Alice Iuri / theWorldofDOT
Character design di Silvia Bigolin

Illustrazioni pagine iniziali e finali di Silvia Bigolin (disegno) e Christian Aliprandi (colore)

Illustrazioni della storia di Carla Debernardi (disegno) e Christian Aliprandi (colore)
Coordinamento artistico di Andrea Alba Benelle
Grafica di Michela Battaglin e Federica Fontana

Da un'idea di Elisabetta Dami
www.nelregnodincanto.it

Pubblicato per PIEMME da Mondadori Libri S.p.A.

info@edizpiemme.it

Anno 2020 - 2021 - 2022 Edizione 3 4 5 6 7 8 9 10 11 12

Stampa: ELCOGRAF S.p.A. - via Mondadori, 15 - Verona

Tea Stilton

INCANTO

IL FIORDO DELLE SIRENE

PIEMME

IL SEGRETO DI INCANTO

Narra la leggenda che, in un tempo molto lontano, le rigogliose Terre di Incanto, dove oggi sorge l'*Accademia Reale,* accolsero un potente mago in fuga da un'oscura minaccia.
Era il *Mago dell'Alba,* che per difendere il suo grande potere dalle Forze Oscure scelse di nasconderlo nella natura. Da allora, il suo potere è diventato il *Potere di Incanto* e riposa come un magico segreto in ogni foglia, in ogni granello di sabbia, in ogni goccia d'acqua...

Ma al sorgere di ogni nuovo attacco, il Potere di Incanto si risveglia e sceglie **CINQUE GUARDIANE** dal cuore puro e dall'animo coraggioso.
Ora una nuova minaccia si è risvegliata: il malvagio **EGOR** ha deciso di attaccare Incanto, e cinque principesse devono rispondere alla chiamata del destino. Sono le nuove Guardiane di Incanto e insieme a cinque **ANIMALI MAGICI** dovranno proteggere a ogni costo la pace e l'armonia del loro mondo!

LE GUARDIANE DI INCANTO

SONO CINQUE PRINCIPESSE E SONO SORELLE.
DA LORO DIPENDE IL DESTINO DI INCANTO
E DELL'INTERO REGNO DELLA FANTASIA.

SAMAH

È la maggiore e il suo
animale è il cavallo Astro.
Adora prendersi cura
di piante e fiori,
che sembrano quasi capirla!

Nives

Gemella di Diamante,
il suo fidato compagno
è il lupo Sirio.
Le piace molto disegnare,
in particolare abiti eleganti.

Yara

È la più piccola
e la lince Mira non
la abbandona mai.
Ama la natura, i boschi
e le foreste.

Kalea

Lei e il delfino Sol sono
inseparabili ed entrambi
amano il mare.
È una cuoca provetta
e prepara dolci buonissimi.

Diamante

Gemella di Nives, il suo
animale è la farfalla Luna.
Ha una passione per
le pietre preziose con cui
crea splendidi gioielli.

Lezione al Lago Blu

Quella mattina d'estate gli allievi dell'Accademia Reale di Incanto erano tutti riuniti sulle rive del *Lago Blu*, in attesa di un evento molto speciale. Invece dei soliti abiti eleganti, i *principi* e le principesse della scuola indossavano colorati costumi da bagno e nell'aria calda del mattino echeggiavano risate e strilli di gioia...

Tutto era pronto per
la prima lezione di nuoto!

– Ora vi mostrerò come sono veloce in acqua! – esclamò il principe Marl. – A casa mia, nel Regno di *Boscofitto*, nessuno è in grado di battermi!

– Ma qui non sei a casa! Cerca di non rimanerci troppo male quando ti supererò... – lo sfidò il principe Alexander.

– Mi dispiace, ragazzi, ma vi straccerò entrambi! – si intromise Cantor, l'erede del Regno di Asteria. – In acqua sono io il migliore!

– Ah, sì? – disse Marl. – Beh... preparatevi tutti a una grossa delusione! Quando si parla di scatto e velocità... il re sono io!

– Come sui sentieri di montagna? – chiese Yara, spuntando alle spalle del ragazzo. – L'ultima volta che abbiamo fatto una gara di corsa in effetti sei scattato in avanti, ma perché... sei scivolato su un masso e sei caduto faccia a terra!

Cantor e Alexander scoppiarono a ridere, mentre Marl divenne paonazzo e rispose: – Ah, certo, e tu per poco non finivi contro un ALBERO!

– Mi sono distratta solo perché stavo ridendo della tua caduta! – ribatté la ragazza imbronciata.

– Insomma, perché non ci date un taglio? – intervenne SAMAH, che assisteva alla scaramuccia insieme a Nives, Kalea e Diamante.

– Ha cominciato lei – si difese Marl.

– Sei stato tu a pavoneggiarti troppo! – replicò YARA, facendogli la linguaccia.

Marl le rispose con una buffa smorfia e Yara non riuscì a trattenere una risata.

– Non sarai il nuotatore più veloce di Incanto, ma di certo sei quello che fa le smorfie migliori!
Marl rise a sua volta: – Grazie, Yara, ma devo ammettere che anche tu te la cavi bene!
Samah sorrise: Yara e Marl adoravano punzecchiarsi a vicenda, ma non riuscivano mai a tenersi il broncio a lungo. I due erano legati da una profonda amicizia... e forse anche da qualcosa di più!
– Voi due dovreste formare un duo comico! – commentò Diamante. – Avreste di sicuro un grande successo.
Tutti scoppiarono a ridere, finché Kalea esclamò:
– Guardate, ecco la professoressa Ondine!
Gli studenti si voltarono verso il lago: la loro insegnante di nuoto raggiunse la riva in poche bracciate ed emerse dall'acqua cristallina.
– Eccomi qui, ragazzi! Ho approfittato degli ultimi minuti prima della nostra lezione per fare una nuotata, ma adesso tocca a voi! Chi se la sente

di tuffarsi per primo e mostrarci il suo stile? Magari qualcuno che ha già confidenza con l'acqua...

Nessuna mano si alzò.

– Beh non volevate mostrare a tutti quanto siete bravi a nuotare? È la vostra grande occasione! – sussurrò Yara a Marl, Cantor e Alexander.

I ragazzi avvamparono: dopo aver visto lo stile perfetto della loro insegnante non erano più così spavaldi!

– Kalea, perché non vai avanti tu? – disse Diamante, spingendo dolcemente la sorella in prima fila. – Lo sanno tutti che sei la migliore nuotatrice dell'accademia!

– Ma io... veramente...

– Fidati, farai un figurone! – le sussurrò la sorella all'orecchio.

Kalea si voltò e vide tutte le sue sorelle fare il tifo per lei, incoraggiandola. Subito dopo incrociò lo sguardo del principe Alexander, che le fece l'occhiolino.

La ragazza arrossì e poi, rivolta all'insegnante, disse: – Va bene, comincio io!

– Benissimo! – sorrise l'insegnante. – Forza, Kalea, mostraci che cosa sai fare!

La principessa si fece coraggio e, sotto gli sguardi dei compagni, si TUFFÒ nel lago.

Come sempre, appena si immerse si sentì perfettamente a suo agio.

L'acqua sembrava capace di lavare via tutti i suoi problemi e persino la sua timidezza, lasciandola leggera, libera e sicura di sé.

I compagni non poterono fare a meno di ammirarla mentre nuotava con tanta naturalezza e, non appena uscì dal lago, la professoressa Ondine si complimentò con lei. E NON FU L'UNICA.

– **Bravissima!** – disse Alexander alla ragazza, avvolgendole le spalle con un asciugamano. E a Kalea sembrò che anche il suo CUORE si esibisse in un piccolo tuffo.

Sei la migliore!
Molto bene!

VAI COSÌ!

Un comportamento insolito

Dopo l'esempio di Kalea, anche gli altri studenti entrarono in acqua, chi senza paura e chi con qualche difficoltà.

– Nuotare a stile libero è più complicato di quanto pensassi! – esclamò Lisabel tornando a riva.

– Mentre ero in acqua mi sentivo così goffa...

– Tranquilla – la rincuorò Kalea. – Vedrai che piano piano migliorerai sempre di più.

– Kalea ha ragione! Basta esercitarsi con impegno e costanza. Dopo che avrete fatto tutti una prima prova, cominceremo con gli allenamenti! A proposito, siete entrati tutti in acqua? – domandò la professoressa Ondine.

– Veramente no – rispose Myrton.

– Manca ancora Anya!

– Perché non chiudi il becco? – sbottò la ragazza, FULMINANDOLO con lo sguardo.

– Ehi, che ti prende, cuginetta? – le chiese Myrton stupito.

– Niente! Ma non intendo entrare nel lago!

– Come mai? – chiese Yara.

– Non sono affari tuoi, impicciona!

Le cinque sorelle del GRANDE REGNO si scambiarono occhiate perplesse: se c'era una cosa che Anya adorava, era mettersi in mostra di fronte a tutta la scuola.

– Secondo voi che le succede? – bisbigliò Samah.

– Io dico che ha paura di essere attaccata dai pesci del lago – suggerì YARA trattenendo una risatina.

– Probabilmente neanche loro la sopportano!

– Io invece la capisco benissimo – intervenne Diamante, guadagnandosi le occhiate sbalordite delle sorelle.

– Ovviamente Anya non vuole tuffarsi per non rovinarsi la pettinatura! – spiegò.

– È mai possibile che pensi sempre e solo ai tuoi capelli? – ridacchiò Nives.

– Non è vero! – protestò la sua gemella. – È solo che per una principessa è importante essere sempre in ordine ed elegante e...

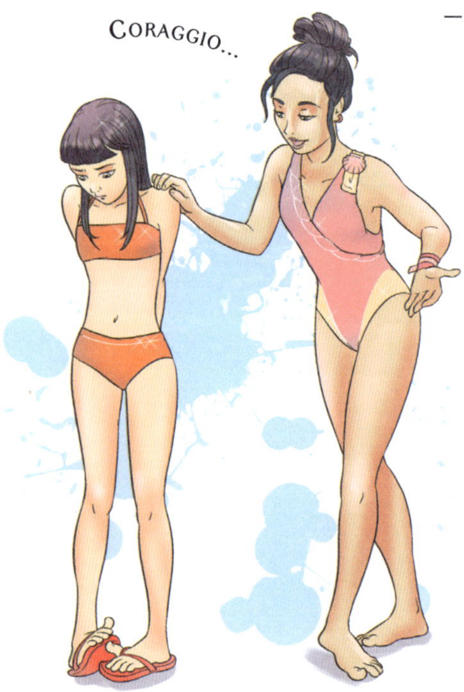

– Ecco, appunto, lasciamo perdere! – sospirò Nives.

Nel frattempo, l'insegnante di nuoto si era avvicinata a ANYA: sembrava decisa a far cambiare idea a quell'allieva così riluttante.

– Perché non vuoi TUFFARTI? Può essere divertente...

Anya incrociò le braccia al petto e sussurrò:
– Perché... perché... per una principessa imparare a nuotare è solo una perdita di tempo, ecco! Tutto quello sguazzare e dimenarsi in acqua... non è decoroso per un regnante!
– Oh, oh! – esclamò però Yara. – Credo che Anya non sarà l'unica a non fare il bagno nel Lago Blu! Guardate!

Pericolo dall'acqua

Gli studenti e la professoressa Ondine si voltarono verso il lago e rimasero a bocca aperta. L'acqua, che fino a un attimo prima era limpida e cristallina, ora appariva torbida, e una grossa macchia nera e oleosa si allargava di secondo in secondo.

– Ma che cos'è? – mormorò SAMAH.

– Non lo so, ma di certo è qualcosa di disgustoso! – disse Diamante.

– Sembra... *inchiostro!* – osservò il principe Alexander sporgendosi per guardare meglio.

– Non capisco... – ripeté l'insegnante sconcertata.

– Ma è chiaro che con l'**acqua** in queste condizioni non possiamo più proseguire la lezione –

sospirò la professoressa Ondine. – Continueremo il corso di nuoto settimana prossima. Forza, si ritorna all'accademia!

Tra proteste ed esclamazioni di disappunto, gli allievi si avviarono a malincuore verso il portone della scuola. Solo Anya sorrideva e sembrava aver riacquistato il BUONUMORE.

Le cinque eredi del Grande Regno, invece, si erano staccate dal gruppo per ritrovarsi dietro a una grande QUERCIA.

– Perché hai voluto che ci nascondessimo? – domandò Kalea a Samah.

– Perché ho dei sospetti riguardo a quella strana macchia nel lago... – rispose la sorella maggiore, seria.

– Io so già chi è il colpevole – dichiarò YARA, sicura. – Sono certa che è stata Anya a combinare qualcosa! Avete visto com'era felice quando l'insegnante ha sospeso la lezione?

– Yara ha ragione, c'è lo zampino di Anya – concordò Diamante.

– Io non credo – mormorò SAMAH scuotendo la testa. – Anya è stata tutto il tempo con noi... E poi quella macchia è inquietante, non trovate?

Kalea sgranò gli occhi: – Non starai pensando a...

Samah annuì gravemente: – Temo proprio che si tratti di un nuovo attacco di EGOR.
Le sorelle tacquero un istante, pensierose.
Il malvagio MAGO OSCURO minacciava da tempo la pace e la bellezza d'Incanto, che proprio loro cinque erano chiamate a difendere.
Era stato lo stesso Potere di Incanto a sceglierle come GUARDIANE, eppure ogni nuovo scontro con Egor risvegliava in loro dubbi e insicurezze. Le ragazze si chiedevano se sarebbero riuscite ancora una volta a dimostrarsi all'altezza del compito... avrebbero portato a termine la loro missione e sconfitto il male?
Per fortuna, le cinque sorelle non erano mai sole ad affrontare queste paure: potevano fare affidamento sul preside Alden, un potente Mago Bianco in incognito, sui loro animali magici e sul Potere di Incanto, la magia antica e potente che riposava in ogni elemento della natura.

– C'è solo un modo per scoprire se i nostri sospetti sono fondati – concluse Samah. – Indagare!

Dopo essersi accertate che i compagni fossero rientrati tutti all'accademia, le principesse tornarono sulla riva del Lago Blu.

– Ehi, guardate! Le macchie si stanno moltiplicando! – esclamò Nives.

– E sono sempre più grandi! – aggiunse Diamante.

– Di questo passo finiranno per invadere l'intero lago!

– Oh, no, sarebbe terribile! – gemette Kalea.

– Ma che cosa sta succedendo?

Samah, Nives e Diamante si incupirono, mentre Yara raccolse un legnetto adagiato tra gli steli d'erba e, avvicinandosi alla riva, lo immerse in uno di quei viscidi aloni neri.

– Fai attenzione – le raccomandò Samah.

La ragazzina stuzzicò col bastone quella strana sostanza, senza ottenere alcuna reazione.

Fai attenzione!
Non succede niente!
Mi raccomando...

Poi, all'improvviso, la macchia si animò, afferrò il legnetto e lo inghiottì trascinandolo sott'acqua.
– Avete visto? – gridò YARA, spaventata.
– Quella cosa sembrava...
– Un'Ombra – concluse Nives.
– Samah aveva ragione, si tratta di un maleficio di Egor! – disse Diamante.
– Oh no! Allora anche Sol potrebbe essere in pericolo! – esclamò Kalea.
La ragazza strinse il ciondolo che portava al collo e un attimo dopo il suo ANIMALE MAGICO apparve nel lago.
Kalea non riuscì a trattenere un sussulto: il delfino non era allegro e gioioso come sempre, ma sembrava mogio e spento.
– *Sol, che ti prende?* – mormorò la ragazza accarezzandogli il muso.
Il delfino emise un suono acuto e Kalea inorridì.
Le *sorelle* sapevano che, come tutte loro, Kalea

non aveva bisogno di parole per comunicare con il suo fedele amico.
Dopo un lungo silenzio, la ragazza spiegò quello che aveva scoperto da Sol: – Le ombre stanno indebolendo tutte le CREATURE che abitano il lago... e attaccano gli animali che cercano di abbeverarsi!
– Dobbiamo assolutamente fare qualcosa per aiutarli! – esclamò Diamante.

– Hai ragione – disse Samah. – Ma prima dobbiamo avvisare Alden del pericolo!
In quel momento, i ciondoli a forma di animale che le cinque ragazze portavano al collo si illuminarono: era il segnale dell'inizio di una nuova missione.
Yara esclamò: – Alden sa già tutto! Andiamo!

LA GLOBOSFERA

Le principesse si rivestirono e corsero verso lo specchio magico che conduceva alla STANZA DEI SEGRETI. Solo loro e il preside Alden conoscevano quel luogo, e al loro ingresso le Guardiane trovarono proprio il Mago Bianco ad attenderle. Le sue dita agitavano una lunga e sottile bacchetta accanto a una BOLLA DI VETRO che galleggiava sospesa nell'aria. La sfera conteneva un paesaggio in miniatura, che Alden fissava con aria preoccupata.

– La Globosfera... – sussurrò Yara riconoscendo l'OGGETTO MAGICO che i Maghi Bianchi si tramandavano da generazioni.
– Benvenute Guardiane – le salutò Alden. – Vi ho convocate proprio perché la GLOBOSFERA ha segnalato una nuova minaccia per le terre di Incanto.
Samah osservò il paesaggio e capì: – L'acqua di Lago Blu... è offuscata da aloni scuri! La Globosfera ti ha avvertito dell'attacco delle Ombre!
Alden sospirò: – Proprio così, purtroppo...

L'intera Globosfera è in sofferenza: il maleficio di Egor ha colpito tutte le acque di Incanto.

– Ma è terribile! – esclamò Kalea portandosi una mano alla bocca.
– Come farà Incanto a sopravvivere senza acqua? – si chiese Nives.

La Globosfera!
Egor ci sta attaccando!
Proprio così!

– Non ce la farà – rispose Alden. – Se non riusciamo a fermare il piano di EGOR prima che le acque vengano completamente contaminate, neanche il Potere di Incanto potrà salvarci.
– *Ma noi ci riusciremo, non è vero, sorelle?* – esclamò Diamante determinata.
Kalea annuì: – Certo, non permetteremo a Egor di distruggere la nostra terra!
Le altre sorelle annuirono e Alden sorrise.
Il Mago Bianco sapeva che il Potere di Incanto non era l'unica risorsa su cui le **GUARDIANE** potevano contare: i loro cuori puri, il loro coraggio e il *legame speciale* che le univa erano armi altrettanto decisive nella lotta contro il male.
Il Potere di Incanto, ancora una volta, aveva scelto con grande saggezza le sue Guardiane, riponendo la sua fiducia in quelle cinque ragazze.
Samah parlò per tutte: – Scopriamo che cosa può svelarci il *Libro degli Enigmi!*

Senza dire una parola, Alden si avvicinò a uno scrigno, da cui estrasse il volume leggendario.
– Sapete che cosa fare – disse il preside, adagiando il Libro degli Enigmi sul leggio.
Le Guardiane annuirono e, insieme, posarono le mani sulla copertina.
Il Potere di Incanto fluì attraverso di loro e il libro lo riconobbe.
Le pagine antiche frullarono nell'aria, per poi fermarsi e mostrare l'enigma che, piano piano, stava comparendo.
Le sorelle rilessero più volte quelle misteriose parole, mentre Alden attendeva pazientemente al loro fianco.

Dalle profondità un dono è stato sottratto.
Dovrete seguir l'autore del misfatto,
poiché ora mari, fiumi e ruscelli di Incanto
son minacciati da un tenebroso manto.

Cercate consiglio dalle creature marine
che incantano con le loro voci cristalline,
ma per ottener udienza dovrete pagar pegno
o, ancor meglio, usare il vostro ingegno.

Raggiunger infin dovrete il cuore pulsante
del gigante che dorme il suo sonno bruciante,
e se mai questo risvegliarsi dovesse
ricordate, Incanto è con voi, principesse!

– La prima parte sembra facile! – gioì Yara.
– Dobbiamo ritrovare un dono che è stato rubato!
– Già, ma che cos'è? E quali sono le *profondità* di cui parla l'enigma? – domandò Nives perplessa.
– Uhm, le profondità... della terra? – suggerì la piccola.
– Per me si riferisce alle profondità del mare! – disse Kalea. – Pensateci: è stata l'acqua a essere attaccata. Forse questo dono proteggeva tutte le acque di Incanto...
– Kalea ha ragione – affermò Alden. – Dovete sapere che il mio avo, il Mago dell'Alba, non infuse il suo potere solo nella natura, ma anche in alcuni oggetti magici, come i vostri ciondoli, che poi donò a vari popoli di Incanto.

L'enigma deve riferirsi proprio a uno di questi...

– Un dono fatto al popolo del mare! – disse Samah.

– Ma certo! Lo stesso popolo a cui dobbiamo chiedere consiglio! – disse Nives. – Le *creature marine* che ci ammaliano con le loro voci...
Le sorelle si guardarono sorridenti: conoscevano tutte quante la risposta.
– Sirene! – esclamarono in coro.
Alden annuì, compiaciuto dall'intuizione delle Guardiane.
– Non vedo l'ora di incontrarle! – sospirò Diamante. – Ho letto tantissime storie sulle sirene: vengono descritte come creature bellissime!
Devono essere eleganti e cortesi!
– Non credo sarà così piacevole... – la avvertì Alden. – Le troverete al Fiordo delle Sirene, ma convincerle a parlare con voi non sarà facile: raramente queste creature si lasciano avvicinare da qualcuno e sono poco ospitali...
– Staremo attente! Ora dobbiamo interpretare solo l'ultima strofa... – disse Samah.

Le ragazze lessero un'altra volta la parte finale dell'enigma, la più indecifrabile.
– Proprio non riesco a capire chi sia questo *gigante che dorme*... – mormorò Kalea.
– Beh, se è un gigante sarà facilissimo trovarlo, no? – esclamò Yara.
– Non penso sia un vero gigante, sorellina! – rise Samah. – Credo si tratti di una **metafora**...
Per quanto si sforzassero, gli ultimi versi dell'enigma rimanevano un vero mistero.
Alden richiuse il libro e disse: – Non è necessario capire tutto subito. Lo sapete, il significato di queste parole diverrà chiaro nel corso della missione.

Ricordate solo che a volte basta
un piccolo cambio di prospettiva
per far luce sui misteri più oscuri.

Le sorelle sapevano che il mago aveva ragione e annuirono al suo saggio consiglio.

– Avremo un OGGETTO MAGICO ad aiutarci nella nostra missione? – domandò Yara guardandolo speranzosa.

– Questa volta no. Dovrete confidare solo nel vostro CORAGGIO, Guardiane – rispose lui.

– Oh... – sospirò Nives.

– Su col morale! – la consolò Yara. – In fondo possiamo sempre fare affidamento sui nostri amici ANIMALI...

– Giusto! E anche l'una sull'altra! – intervenne Diamante.

– E non dimentichiamoci del Potere di Incanto! –

aggiunse Kalea.

– Avete ragione, sorelle! – esclamò Nives sorridendo decisa. – Allora per me... possiamo partire anche subito!

– Apprezzo il vostro entusiasmo – sorrise Alden. – Ma vi manca ancora una cosa...

Il Mago Bianco consegnò a Samah la clessidra d'oro che segnava il tempo a disposizione delle Guardiane per portare a termine la missione. Cosa sarebbe accaduto se tutti i granelli fossero caduti sul fondo? Il malvagio Egor avrebbe potuto sconfiggerle per sempre?

Nessuno lo sapeva, nemmeno il saggio Alden, e le cinque principesse si auguravano di non doverlo scoprire mai.

– Buona fortuna... – sussurrò Alden, mentre le ragazze sparivano oltre lo specchio.

TUTTE A BORDO!

Samah, Nives, Diamante, Kalea e Yara, accompagnata dal suo fedele arco, correvano sul verde prato del PARCO dell'accademia, veloci e guardinghe. Nessuno degli studenti o degli insegnanti doveva accorgersi di loro:

la missione di Guardiane doveva restare segreta a ogni costo.

– Come faremo a raggiungere il Fiordo delle Sirene? – chiese Diamante.

– Abbiamo bisogno di un'IMBARCAZIONE per navigare fino a lì – rispose Nives.

– Prendiamo una delle canoe dell'accademia – propose SAMAH.

– Ottima idea, sorella! D'altronde sono a disposizione degli studenti e noi siamo studentesse... in missione! – ridacchiò Yara.
Quando arrivarono vicino alla rimessa delle canoe, però, le principesse trovarono un ostacolo imprevisto.
SALIS, il custode della scuola, era fermo proprio lì davanti, intento a innaffiare i fiori variopinti di una piccola aiuola.
– Oh no, questa non ci voleva! – sbuffò Diamante, mentre insieme alle sorelle si nascondeva dietro a un muro della rimessa.
– Non possiamo farci vedere da Salis con le divise da Guardiane! – sussurrò Kalea.
– Lasciate fare a me – disse Yara. – Ho un'idea che funzionerà di sicuro!
La piccola del gruppo si schiarì la voce e urlò con tono stridulo: – Per mille inchini regali, cosa sono tutte queste impronte di FANGO sulle scalinate!

Non è decoroso
per l'Accademia Reale!
Salis, vieni subito qui!
Il custode sobbalzò, lasciò cadere l'annaffiatoio e corse rapido verso l'ingresso dell'accademia gridando: – C-certo! A-arrivo subito, *Madame Plumage!*

– Ottimo lavoro, Yara! – ridacchiò Nives.
– Sembravi proprio l'insegnante di Portamento e Buone Maniere!

Anche Kalea non riusciva a trattenere le risate, ma esclamò: – Povero Salis! Gli hai fatto prendere un bello spavento!

– Troveremo il modo di farci perdonare al ritorno dalla missione – decise Samah.
– Ora non perdiamo tempo!

Le sorelle sgattaiolarono dentro la rimessa e pochi minuti dopo ne uscirono trasportando una canoa e due paia di remi.

– *Per fortuna è leggera!* – sospirò Diamante, mentre correvano con l'imbarcazione rovesciata sopra le teste.

Arrivate alla RIVA, le Guardiane adagiarono con cura la canoa sull'acqua e vi presero posto, ciascuna con un remo in mano a eccezione della piccola YARA.

– Ehi... e io? – domandò quest'ultima.

– Hai portato la tua BUSSOLA come ti ho chiesto? – le chiese Samah.

– Certo!

– Bene, allora mentre noi remeremo, tu ci indicherai la direzione per il Fiordo delle Sirene.

– Ok! Tutte a bordo! – gridò Yara, balzando sulla canoa.

– Si parte!

Guidaci tu!
Si parte!

L'ATTACCO DELLE OMBRE!

La canoa scivolava sull'acqua sospinta dai quattro remi che si immergevano e risalivano a ritmo regolare. Appollaiata sulla prua, YARA consultava la bussola e indicava alle sorelle la direzione da seguire.

– E ora per di là! – annunciò la piccola.

– Uffa, remare è più faticoso di quanto pensassi! – si lagnò Diamante.

– Vuoi che ti dia il cambio? – chiese Yara.

– No, grazie, non me la cavo bene con bussole e orientamento... Tu, piuttosto, fai attenzione a non cadere!

– Non ti preoccupare, Diamante – la rassicurò Samah. – Sai bene che la nostra sorellina è abituata ad arrampicarsi sui rami più alti senza perdere l'*equilibrio*...

– Peccato che poi non riesca a eseguire un inchino decente o a stare composta a tavola! – sorrise Diamante.

– **Ognuno ha le sue abilità!** – replicò Yara, facendole la linguaccia.

– Ehi, Kalea, va tutto bene? Sei così taciturna... – disse Nives.

– *Guardate!* – disse la ragazza, smettendo all'improvviso di remare.

Le sorelle seguirono il suo sguardo e capirono: una **grossa chiazza nera** si stava rapidamente allargando, intorbidendo l'acqua alle loro spalle. Sembrava quasi che le stesse *inseguendo*.

– Dobbiamo aumentare la velocità. Forza! – decise SAMAH.
– È inutile, ci ha già raggiunte! – esclamò Nives.
L'acqua intorno all'IMBARCAZIONE delle Guardiane, infatti, non era più limpida e cristallina, ma si era fatta torbida e scura:

le Ombre di Egor le avevano circondate.

– Oh, no! – gemette Kalea, sporgendosi dalla canoa. Alcuni pesci erano affiorati in superficie, proprio in mezzo alla pozza oscura.
Le piccole creature del mare apparivano molto sofferenti: boccheggiavano e nuotavano con difficoltà, come se le Ombre impedissero loro di muoversi.
– Poverini, sembrano stare molto male! – mormorò Kalea, allungando la mano verso i pesci.
– Attenta! – gridò Samah.

Ma era troppo tardi: un'Ombra aveva già afferrato il polso di Kalea.
Yara scagliò rapida una freccia con il suo **ARCO**.
Il dardo attraversò la sagoma scura, che si dissolse. Ma le Ombre continuavano a agitare le acque e ad *attaccare* la canoa delle Guardiane.
Samah esclamò: – Forza, sorelle, dobbiamo scacciarle da qui!
Mentre Yara *infilzava* le Ombre con le sue frecce, le altre Guardiane le colpivano senza sosta con i loro remi.
Ben presto, però, le Ombre si compattarono formando un'unica, gigantesca **ONDA** che si sollevò dalle acque e si abbatté sulla piccola imbarcazione.

LA CANOA SI ROVESCIÒ SU SE STESSA E LE PRINCIPESSE PRECIPITARONO TUTTE E CINQUE IN ACQUA.

OH NO!
AIUTOOO!

SORELLE!
ATTENZIONE!
NOOOOO!

– Aiuto! – annaspò Nives. – Un'Ombra sta cercando di trascinarmi giù!

Le sorelle nuotarono in suo soccorso e afferrarono tutte e quattro la ragazza, tirando per strapparla dalla morsa dell'Ombra.

– Lasciala... subito... andare! – gridò Diamante con tutta la voce che aveva.

Con un ultimo disperato sforzo, le principesse riuscirono ad avere la meglio sull'Ombra e Diamante tirò la sorella a sé, abbracciandola forte.

– Mi sono presa un bello spavento! – ammise Nives. – Grazie, ragazze, senza di voi a quest'ora sarei ancora sott'acqua!

– Non l'avremmo mai permesso! – la rassicurò SAMAH.

Il sollievo, però, durò ben poco.

Le Ombre stavano già tornando all'ATTACCO, radunandosi attorno alle principesse in un cerchio sempre più stretto.

– Siamo circondate! – gemette Diamante.

– Non temere... so io chi può aiutarci! – intervenne Kalea.

Strinse il suo ciondolo a forma di delfino e un istante dopo Sol apparve al suo fianco.

La ragazza mormorò: – Abbiamo bisogno del tuo aiuto, Sol.

Il delfino sembrava ancora affaticato, ma alla vista delle sue amiche in difficoltà riacquistò sicurezza ed emise un fischio acutissimo.

A quel suono, le Ombre sussultarono e si dimenarono. Ma più loro si ribellavano, più il fischio di Sol si faceva forte e penetrante...

Sfinite, le Ombre di Egor optarono per la ritirata e scivolarono via rapide sull'acqua.

PENSACI TU!

Il canto di Kalea

Le Guardiane raddrizzarono la canoa, recuperarono i remi e tornarono a bordo.

– *Grazie, amico mio!* – disse Kalea salutando Sol. – Senza di te non so proprio come avremmo fatto! Ti prometto che salveremo le **acque** di Incanto e che noi due torneremo presto a nuotare insieme.

Il delfino fece una piccola capriola in segno di saluto, poi scomparve all'orizzonte.

Le **GUARDIANE** ripresero la navigazione senza incontrare altri ostacoli, finché si ritrovarono in una stretta insenatura costiera.

– Guardate! Ci siamo! Finalmente abbiamo raggiunto il **Fiordo delle Sirene!** – esultò Diamante.

Il Fiordo delle Sirene!
Finalmente!

Le sorelle si guardarono intorno a bocca aperta: l'acqua era incorniciata da ripide pareti rocciose ricoperte da una VEGETAZIONE fitta e rigogliosa.

– Che meraviglia! – esclamò Nives.

– Non mi aspettavo che fosse un luogo così bello... – mormorò Yara, incantata da quel paesaggio. – Sorelle, mi sembra che qui il Potere di Incanto sia ancora più forte... vero?

– Hai ragione, sorellina – rispose Nives.

– Forse è per questo che non si vedono ancora le Ombre di Egor...

– Ma potrebbero arrivare da un momento all'altro! – le avvisò Samah. – Non dobbiamo perdere tempo... cerchiamo le Sirene!

– Già, ma... da dove cominciamo? – domandò Diamante.

Le principesse ricordavano bene le parole di Alden: le sirene non si facevano avvicinare facilmente!

– E se provassimo a... cantare? – propose Yara.

– Lo sanno tutti che è la cosa che le sirene amano di più al mondo!

– Ottima idea! – approvò Diamante. – Forza, Kalea, cantaci una bella canzone!

– Cosa? E perché io? – esclamò la ragazza.

– Perché tra noi cinque tu sei quella con la voce più armoniosa – disse Samah. – Avanti, coraggio!

– Ma... non so cosa cantare! – protestò Kalea.

– Canta l'inno di casa nostra, il GRANDE REGNO! – suggerì Nives.

– E va bene. Anche se la mia voce non è certo bella come quella di una sirena...

Kalea si alzò in piedi e, imbarazzata, cominciò a cantare.

La **voce** della ragazza, all'inizio esile, divenne a ogni verso sempre più decisa, fino a risuonare melodiosa nel fiordo...

– Là dove risplende sempre il sole
vivono un re e una regina con cinque figliole,
e tutto il regno vive in pace e amore,
condividendo amicizia e ardore...

Le tre sirenette

Le note si diffusero nell'aria: era un canto soave, pieno di amore e di un pizzico di nostalgia per il regno che le sorelle avevano lasciato.
Quando Kalea terminò l'inno, tutte le ragazze avevano gli occhi lucidi.
– La tua voce è davvero splendida, Kalea! – le sussurrò Diamante, commossa.
– Però il nostro piano non ha funzionato – sospirò la ragazza.
– Invece... sì! – esultò Yara.
Vicino alla canoa, infatti, tre visi affioravano dall'acqua e sei occhi guardavano le Guardiane pieni di curiosità.
– Ma sono sirene... bambine! – esclamò Nives.

– Ciao! – le salutò Samah. – Noi siamo le Guardiane di Incanto e siamo qui per chiedere aiuto al Popolo delle Sirene. Possiamo parlare con... ehm... un adulto?

Le tre piccole ridacchiarono e una di loro rispose:

– *Per trovare un adulto, devi allontanarti molto. Qui noi piccoline siam del fiordo le* REGINE!

– Cosa? – si stupì Yara. – Qui regnate voi?

– Beh, meglio così... – sussurrò Nives.

– Vuol dire che non dovremo aspettare qualcun altro per ottenere le informazioni che cerchiamo. Faremo più in fretta!

– Come sono adorabili... – sospirò Diamante, sporgendosi dalla canoa per ammirare meglio le sirenette.

– *Ehi, vorresti vedere la parte di me che mi rende diversa da te?* – le domandò una di loro.

Diamante annuì: – La tua coda, vuoi dire? Certo!

La sirenetta si avvicinò all'IMBARCAZIONE.

Sono adorabili!
Ciao!

Non appena sollevò la coda, però, schiaffeggiò la superficie dell'acqua con la pinna talmente forte da schizzare Diamante dalla testa ai piedi.

– *Ha ha ha!* – scoppiarono a ridere in coro le sirenette.

– Ritiro tutto! – sbottò la ragazza. – Non sono affatto adorabili, sono delle vere pesti!

– Non te la prendere, vogliono solo giocare! – rise YARA.

– Noi non ne abbiamo il tempo, però – disse Samah indicando la clessidra d'oro, i cui granelli scorrevano lenti ma inesorabili verso il fondo.

Quindi tornò a rivolgersi alle sirene bambine:

– Anche il vostro fiordo è in pericolo: dovete aiutarci a proteggerlo!

– *Vi aiuteremo soltanto se risentiremo quel bel* canto! – dichiarò una delle sirenette.

– *Sì, sì, è proprio così!* – le fecero eco le altre.

Le principesse si guardarono esasperate: quelle bimbe erano davvero PESTIFERE! Ma cedettero subito alle loro pretese...

Sembrava l'unico modo per ottenere risposte alle loro domande.

Quando Kalea ebbe terminato di nuovo il canto, però, le piccole batterono le mani e gridarono:

– *Dai, una volta ancora, e poi di nuovo sino all'aurora!*

– Che cosa?! – sbottò Yara.

– Non possiamo perdere altro tempo! – esclamò Nives.

– *Se la canzone non canterete, le risposte non avrete!* – replicarono in coro le sirenette.
– Ma che capricciose! – brontolò Diamante.
– Che cosa facciamo? – chiese Kalea alle sorelle. – Non posso continuare a cantare finché non si stancano!
– Uhm... – mormorò Samah, ripensando ai versi del Libro degli Enigmi. – *Per ottener udienza dovrete pagar pegno o, ancor meglio, usare il vostro ingegno...*
Pagare pegno avrebbe significato assecondare i capricci delle sirenette e perdere tempo prezioso... quindi l'unica soluzione era ingegnarsi!
– Ho trovato! – esclamò SAMAH. Poi, si rivolse alle sirenette: – Vi va di fare un gioco?
– Certo! – esultarono le piccole.
– Sono sicura che vi piacciono gli indovinelli! Io e le mie sorelle siamo bravissime a risolverli, non è vero ragazze?

Samah strizzò l'occhio alle altre Guardiane, che **INTUIRONO** il suo piano e annuirono.
Poi concluse: – Noi vi faremo delle domande e voi ci darete la *risposta* sotto forma di indovinello, va bene?
Una sirenetta trillò:

– Che idea divertente! Cominciamo immediatamente!

– Forza, avanti non aspettate, fatevi sotto e domandate! – le esortò un'altra.
Yara cominciò: – La prima domanda è questa...

Qual è il dono che vi è stato sottratto?

Le tre sirenette confabularono brevemente tra loro, infine una di loro parlò.

– La risposta alla filastrocca
sono le perle che hai in bocca.
Una, due, dieci o cento,
o quante noi siamo in questo momento!

Le principesse cominciarono a cercare la soluzione di quel piccolo enigma.

– Le *perle che hai in bocca* potrebbero essere... i denti? – suggerì Kalea.

– E le sirene qui sono tre – aggiunse Nives.

– Dunque la risposta è tre denti... – disse Yara.

– Un tridente! – esclamò Diamante.

– *Brave!* – gioirono

le sirenette, applaudendo e facendo delle piccole capriole nell'acqua. – *Un'altra volta!*

Questa volta fu il turno di Nives: – Chi vi ha rubato il tridente magico?

Le tre PICCOLE parlottarono un po' tra loro, poi una declamò...

– Un ladro giovane e torvo
dai capelli come piume di corvo,
lui una pinna non ce l'ha,
ma ha due code in verità.

– Non ha la pinna, ma due code... – mormorò Yara. – Allora ha le gambe come noi!

SAMAH si fece seria e disse: – Conosciamo solo una persona al servizio di Egor che possiede una chioma nera come piume di corvo...

– **Raven**! – esclamò Diamante.

Il giovane apprendista di Egor aveva già messo in difficoltà le **GUARDIANE**, dimostrandosi privo di scrupoli e pronto a tutto pur di aiutare il suo maestro.
Le principesse si scambiarono un'occhiata che conteneva una domanda silenziosa...

Sarebbero state in grado
di sconfiggerlo ancora una volta?

Il Cratere Ardente

Diamante si rivolse alle sirenette e domandò loro: – *Dov'è andato Raven?*

Invece di rispondere con un altro indovinello, però, questa volta le tre piccole rimasero in silenzio.

– Avanti, perché non rispondete? – insisté la ragazza. – Non abbiamo più tempo per i vostri capricci! Lo volete capire o no che anche voi e il vostro popolo siete in PERICOLO?

– Diamante, non credo si tratti di un capriccio – intervenne Samah. – Guardale, sembra che abbiano

perso ogni voglia di giocare, come se fossero davvero molto SPAVENTATE!
In effetti le tre sirenette non sorridevano più: si stringevano l'un l'altra in acqua e tremavano leggermente.
– Spaventate? – chiese Diamante, confusa.
– Ma io ho fatto solo una semplice domanda!
– Forse non è stata la tua domanda a spaventarle, ma... la risposta – intuì Kalea.
– Si tratta di questo? – chiese Nives dolcemente.
– Avete paura del luogo dove Raven ha portato il tridente?

Le tre sirene annuirono insieme.

– Ma senza il vostro aiuto Incanto è perduta, dovete farvi coraggio! Vi prometto che risolveremo tutto... – le esortò Kalea.
Le *sirenette* si scambiarono un'occhiata incerta, poi una di loro, con voce tremante, recitò:

– Nascosta alla luce del sole lei è
e porta al gigante che montagna non è.
Le sue pareti sono fredde e lisce,
ma giorno e notte ribolle e ruggisce.

– Ancora questo gigante! Che sia lo stesso dell'enigma del libro? – si chiese **YARA**.

– Immagino di sì... – mormorò Nives. – Ma se non è una montagna, che cosa può essere?

Samah chiese: – E chi è che ruggisce?

– E cos'è nascosta alla luce del sole? – domandò Diamante, corrucciata.

– La lava! – gridò all'improvviso Kalea, felice della sua intuizione. – Quindi il gigante non è una montagna perché è... un vulcano! Quello!

La ragazza indicò la vetta che s'intravedeva oltre il **PICCO DELLA PENA**.

Era il Cratere Ardente, un massiccio alto e arido che riposava un sonno millenario, ma al cui interno scorrevano **FIUMI DI LAVA** bollente.

– Ma perché TERRORIZZA così tanto le sirenette? – si chiese la maggiore delle sorelle. – È piuttosto lontano...

– Già! – esclamò Yara. – Infatti... noi come lo raggiungiamo? Non abbiamo molto tempo!

– *Lì sotto è tutto buio e* misterioso *e sembra vi si nasconda un mostro spaventoso...* – le rispose una di loro, indicando un punto sotto la superficie dell'acqua.

– *Lì sotto... che cosa c'è?* – chiese Diamante.

– Credo parlino di una caverna sottomarina... forse è una scorciatoia per il vulcano! – intervenne Kalea. – Dico bene, piccole?

– *Sì, si passa di lì!* – esclamò una di loro.

– Allora che cosa aspettiamo? – disse Yara, determinata. – Non perdiamo altro tempo!

Guidate dalle sirenette, le sorelle si immersero nelle acque del fiordo e nuotarono fino a una stretta CAVERNA scavata nella roccia.

Vi entrarono e seguirono la corrente fino a riaffiorare in superficie.

– Finalmente, non ce la facevo più! – esclamò Nives, inspirando l'aria a pieni polmoni.

Si trovavano davanti a una galleria buia, dal fondo della quale risaliva il borbottio del magma che ribolliva all'interno del vulcano.

– Ora capisco perché non vi piace venire qua – disse YARA alle sirenette. – Questo rumore è davvero inquietante!

– Tornate pure a casa, qui ci pensiamo noi. Presto tutto tornerà come prima e il vostro popolo riavrà il TRIDENTE! – promise Samah, salutando le sirene.

Le principesse raggiunsero la terraferma e Diamante strinse il suo ciondolo magico.

Appena la farfalla Luna comparve, la ragazza le disse: – Non trovi sia un po' troppo buio qui dentro, amica mia? Ci puoi fare un po' di luce?

Così la farfalla volò sopra le loro teste, spargendo a ogni battito d'ali minuscoli granelli luminosi che rischiaravano l'ambiente.

Le Guardiane iniziarono a percorrere la galleria, camminando attraverso una NUBE calda e umida che le avvolgeva.

– Che afa terribile! – gemette Diamante.

– Fai come me – le suggerì Yara. – Immagina di mangiare una bella granita alle bacche di luna!

– O un ghiacciolo ai lamponi blu! – rise Nives.

– O magari un gelato alla menta frizzantina! – aggiunse SAMAH.

– Così va meglio, Diamante? – chiese divertita Kalea.

– Non lo so, ma di certo mi avete fatto venire fame! – rispose la sorella.

Le cinque principesse scoppiarono a ridere. Ma qualcosa interruppe la risata di YARA, che guidava il gruppetto.

– Ehm, **ragazze**, abbiamo un problema! – esclamò la piccola.

Le principesse alzarono lo sguardo.

La galleria si divideva in tanti tunnel, tutti apparentemente uguali tra loro.

Nel cuore del vulcano

Le Guardiane rimasero a lungo in silenzio, senza sapere che cosa fare: Raven poteva aver preso uno qualsiasi di quei tunnel e loro non avevano certo il tempo di perlustrarli tutti quanti.

Poi Nives ebbe un'illuminazione: – Qui ci occorre qualcuno con un ottimo fiuto!

Strinse il ciondolo che portava al collo e un istante dopo un bellissimo LUPO dal folto manto apparve al suo fianco.

– Sirio, abbiamo bisogno del tuo aiuto. Riesci a fiutare la scia magica del tridente?

Il lupo chinò il capo e annusò il terreno roccioso, ispezionando l'ingresso di ogni tunnel.

Giunto davanti all'ultimo, lanciò un lungo ululato.

– Ci siamo, Sirio ha trovato la strada giusta! – esclamò Nives.

L'ANIMALE cominciò a correre lungo la galleria, seguito dalle sorelle e da Luna, che rischiarava l'oscurità con la sua polvere splendente.

– Stiamo arrivando, Raven! – disse Yara, aumentando il passo per stare dietro alle ampie falcate del lupo.

A un certo punto, però, SIRIO frenò di colpo ed emise un basso guaito.

– Oh, no! – gemette Kalea.

Il passaggio era ostruito da un grosso masso che non lasciava alcuno spiraglio.

– Sono sicura che questa è opera di Raven! – esclamò Diamante.

– Voleva essere sicuro che nessuno lo seguisse!
– E ora come facciamo? – chiese YARA. – Torniamo indietro e proviamo un altro tunnel?
– Non abbiamo abbastanza tempo... – sospirò Nives preoccupata.
Samah le incoraggiò: – Coraggio sorelle! Non dimentichiamo quello che ci ripete sempre Alden!

Insieme supereremo ogni ostacolo, il Potere di Incanto è con noi!

Detto questo, la maggiore delle principesse posò una mano sulla ruvida superficie del **MASSO**, invitando le sorelle a imitarla.
Quando tutte ebbero toccato la roccia, una potente ENERGIA fluì attravero di loro e il macigno cominciò a tremare, attraversato da una forte scossa.
Grosse crepe incrinarono la pietra, finché si sbriciolò riducendosi in POLVERE.

Dobbiamo avere fiducia!
Coraggio!

– Ce l'abbiamo fatta! – esultò Diamante, iniziando a correre.
La corsa delle **GUARDIANE** si bloccò solo al centro di un'altra caverna sotterranea, dove lo scenario le lasciò a bocca aperta.
Il terreno era irregolare e *frastagliato*, attraversato da fiumi di lava incandescente che emanava densi vapori...

Erano giunte nel cuore del Cratere Ardente!

Un'ombra si mosse rapida tra le rocce e Kalea gridò: *– Ecco Raven!*
– Dove? – chiese Diamante, che non riusciva a vedere niente in mezzo a tutto quel **FUMO**.
– Non lo vedo più – rispose la sorella, scoraggiata.
– Sorelle... questo caldo... è insopportabile! – si lamentò Nives, asciugandosi la fronte madida di sudore.

– Dobbiamo... resistere... – disse Samah. Ma un giramento di testa improvviso la obbligò ad appoggiarsi alla parete.
– Stai bene, sorellona? – si preoccupò YARA, accorrendo in suo aiuto.
In quel momento, una RISATA risuonò alle loro spalle: – Ha ha ha! Certo che così mi rendete il lavoro troppo facile!
– Raven! – sibilò Nives. – Consegnaci subito il TRIDENTE: non ti appartiene!
– E perché mai dovrei farlo? – replicò lui con un sorrisetto sprezzante.
– Per salvare le acque di Incanto – mormorò Yara.
– Siete delle ingenue! – ringhiò Raven. – Pensate davvero che me ne importi qualcosa? Pensate che il nostro piano si fermi qui? Io ed Egor arriveremo a indebolire tutta la natura...

fino a distruggere il Potere di Incanto!

Consegnaci il tridente!
Mai! Vi distruggerò!

Diamante inorridì: – Come puoi dire così? Non capisci che è meglio per tutti fare il *bene* di Incanto?

La risata beffarda di Raven risuonò di nuovo nell'aria: – Il bene è per i deboli come voi... e come il vecchio Alden. Solo abbracciando il male potrò diventare potente come desidero!

– Tu... conosci Alden? – chiese Samah, stupita.

A quel punto il ragazzo esclamò: – Se lo conosco? Lo conosco molto bene... Non ve l'ha detto? Un tempo era lui il mio Maestro!

UN NEMICO IN DIFFICOLTÀ

La rivelazione di Raven lasciò le Guardiane senza parole. L'apprendista di EGOR era stato un allievo di Alden! Che cosa poteva aver spinto il giovane ad abbandonare la strada del bene?

Le sorelle si guardavano l'un l'altra, incapaci di trovare una risposta.

– Lasciate perdere quell'illuso di Alden – intervenne Raven, interrompendo i loro pensieri. – Lui ha rinunciato al vero potere. Unitevi anche voi a Egor! Potrete diventare INVINCIBILI!

– Non succederà mai e poi mai! – si ribellò Yara.

– Non tradiremo mai Alden e la nostra missione! – le fece eco Kalea.

– Peggio per voi! – replicò il ragazzo. – Sarete distrutte insieme a Incanto e al suo insulso Potere...

– No, noi te lo impediremo! – gridò Diamante.

– Questa volta niente e nessuno mi fermerà!

Ma proprio in quel momento una voce rimbombò tra le pareti del vulcano:

– CHI OSA DISTURBARE IL MIO SONNO MILLENARIO?

– Chi... ha parlato? – chiese Raven, disorientato. La voce riprese: – *Per lunghi anni ho goduto della pace che mi ha donato il grande Mago dell'Alba, ma ora sento che il Male è tornato... lo percepisco proprio qui, nelle mie stesse viscere! Ma non*

gli permetterò di mettere radici, lo caccerò via!
A quella **minaccia** seguì una potente scossa. Le pareti incominciarono a sgretolarsi, il terreno a franare, mentre i fiumi di lava **RIBOLLIVANO** ferocemente, straripando dai loro argini.
– Cosa succede? – ansimò Nives.
– Il vulcano si è risvegliato! – gridò Samah.
– Vuoi dire che quella strana voce... apparteneva al **Cratere Ardente?** – chiese Yara.
– Proprio così! – rispose la maggiore. – E credo che stia per eruttare!
– Dobbiamo fermarlo! – gridò **Diamante**, ma proprio in quel momento Samah lanciò un urlo: una voragine si era aperta sotto i suoi piedi e la ragazza precipitò nel vuoto.
– **SAMAH!** – urlarono disperate le sorelle.
Ma quando tutto sembrava perduto, ecco che la maggiore delle **GUARDIANE** ricomparve, in groppa a un maestoso cavallo volante.

SAMAH!
ASTRO! MENO MALE...

Grazie amico!
Oh no!

– Grazie, ASTRO! – mormorò la ragazza, chinandosi ad abbracciare il possente collo del suo animale magico.

Poi, Samah fece segno a Kalea di raggiungerla in sella al cavallo: – Dobbiamo andarcene... Qui è troppo PERICOLOSO!

Diamante e Nives salirono in groppa a Sirio e Yara alla fedele lince MIRA, prontamente comparsa accanto a lei.

La lince e il lupo cominciarono a correre a zig zag verso l'uscita della grotta, schivando lapilli, lava e pietre che SCHIZZAVANO ovunque.

Sopra di loro, Astro li seguiva in volo.

Le Guardiane stavano per abbandonare il vulcano, quando un grido terrorizzato le costrinse a voltarsi indietro.

– Aiutoooo!

– Avete sentito? – chiese Yara.

– Era la voce di Raven! – disse Kalea.

– Noi... non possiamo lasciarlo qui – decise Diamante, facendo voltare SIRIO per tornare indietro. Le altre la seguirono.

Il TRIDENTE delle sirene giaceva abbandonato sul bordo della voragine più grande, ma dell'apprendista di Egor non c'era traccia.

Le Guardiane si sporsero: diversi metri più in basso, Raven era appeso per un braccio a uno spuntone di roccia.

Alle ragazze bastò guardarsi negli occhi per prendere una decisione unanime: dovevano aiutarlo!

Diamante fu la prima a calarsi e poi le altre la seguirono, tenendosi per mano e formando una catena umana. Nives chiudeva la fila e si reggeva senza paura al collo di Sirio, che non l'avrebbe mai lasciata andare.

– *Presto, dammi la mano!* – gridò Diamante, tendendo la sua verso quella del ragazzo.

Lui la fissò incredulo e confuso... Sembrava davvero **COMBATTUTO**, indeciso se accettare o meno il suo aiuto.

– Avanti! – insisté **Diamante**. – La roccia potrebbe cedere da un momento all'altro, non abbiamo tempo da perdere!

Raven infine si decise. Con tutta la **FORZA** che gli era rimasta, allungò una mano verso quella della

ragazza, mentre con l'altra si aggrappava disperatamente alla roccia.
Ma proprio in quell'attimo lo SPUNTONE si staccò, precipitando nella lava sottostante.
Diamante scattò e afferrò la mano del ragazzo prima che anche lui cadesse nel vuoto.

L'UNIONE FA LA FORZA

– PRESO! – esultò la ragazza. – Forza, sorelle, tirateci su!

Pochi attimo dopo, si ritrovarono tutti sulla terraferma, *sani e salvi.*

– C'è mancato davvero poco! – esclamò Yara.

Le sorelle si abbracciarono, sollevate.

Raven, vicino a loro, si lasciò cadere su un masso e le osservò con curiosità mista a sorpresa.

Per una volta aveva perso i suoi modi spavaldi e sembrava un ragazzo come tutti gli altri.
– Perché mi avete salvato? – chiese alle Guardiane. – Noi siamo nemici!
– E allora? – rispose Diamante. – Sarai anche nostro nemico, ma noi stiamo dalla parte del bene. E se vediamo qualcuno in *difficoltà* lo aiutiamo, anche se lui non farebbe lo stesso con noi.
Raven sembrò spiazzato da quelle parole e aprì bocca per dire qualcosa... ma in quel momento nella GROTTA rimbombò una nuova, potente scossa. Mentre le sorelle si guardarono intorno, spaventate, Raven ne approfittò per fuggire.
Quando Diamante si voltò di nuovo sbottò:
– Non ci posso credere! *È fuggito!* Dopo tutto quello che abbiamo fatto per lui!
– Almeno ha lasciato questo... – disse Yara, afferrando il TRIDENTE del popolo del mare.
Kalea mormorò: – Ma ormai è inutile...

Se il Cratere Ardente erutta, Incanto è perduta!
– Non temere, sorella, troveremo una soluzione! – la rincuorò SAMAH stringendola a sé.
– E come? – obiettò Yara, demoralizzata.
– Come facciamo sempre... *insieme!* – rispose la maggiore. – Ricordate le parole del Libro degli Enigmi? Il Potere di Incanto è sempre con noi!
– Giusto! – sorrise Kalea, asciugandosi le lacrime.
Le *cinque sorelle* si alzarono in piedi e lì, nel cuore del vulcano in tumulto, formarono un cerchio, tenendosi per mano.
Appena chiusero gli occhi, avvertirono l'antico Potere di Incanto che fluiva dall'una all'altra, sempre più forte.
– **CHE COS'È?** – tuonò la voce del vulcano, che improvvisamente smise di tremare. – *Questa forza mi è familiare... Sì, è la magia del Mago dell'Alba! Perché scorre in voi, ragazzine?*
– Perché noi siamo le Guardiane di Incanto! –

Il Potere di incanto...
... è con noi!

rispose Samah decisa. Poi lo implorò: – Ti prego, Cratere Ardente, placa la tua furia e ritorna al tuo sonno millenario!

– *Ora che il Male ha osato invadermi, come posso riposare?* – replicò il vulcano.

– Ci penseremo noi a proteggerti! – gli promise Samah. – Veglieremo su te e su tutta Incanto. Ti garantiamo che il Male non trionferà mai!

– *Una simile promessa è difficile da mantenere* – disse il vulcano. – *Ma percepisco la purezza dei vostri* CUORI *e so che il Potere di Incanto è dalla vostra parte. Voglio fidarmi di voi.*

E, CON QUELLE PAROLE, SI RIADDORMENTÒ.

Il segreto di Anya

Le Guardiane si abbracciarono felici: il Cratere Ardente si era placato!
Samah esclamò: – Forza, ora possiamo portare a termine la nostra missione!
Le ragazze tornarono al Fiordo delle Sirene, dove le sirenette le accolsero a braccia aperte.
– *Evviva, brave! Siete riuscite a tornare!*
Kalea consegnò loro il tridente: il Potere di Incanto racchiuso in quell'oggetto prese a pulsare forte e luminoso come non mai.

L'intero popolo delle sirene ringraziò le Guardiane di Incanto intonando un canto tanto soave da commuovere.

Siete tornate!
Il vostro tridente!
Brave!

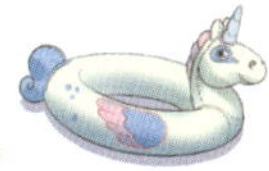

– Queste monelle... ci sanno fare con la voce – mormorò Yara, commossa.

SAMAH sorrise ed esclamò: – Ora dobbiamo andare, ma torneremo presto a trovarvi!

Durante la navigazione verso l'accademia, le Guardiane non facevano altro che sorridere: intorno a loro vedevano le acque che tornavano limpide, con i pesci GUIZZANTI e gli animali che timidamente ricominciavano ad abbeverarsi.

Quando arrivarono, le ragazze riposero la canoa nella rimessa e corsero al Lago Blu: anche le sue acque erano tornate quelle di sempre.

– Evviva! Non vedo l'ora di fare la prossima lezione di nuoto! – esclamò Yara.

– Già – aggiunse Nives. – Peccato che ci tocchi aspettare una settimana intera!

Kalea, però, era impaziente di rituffarsi in acqua e divertirsi con Sol, perciò più tardi, mentre le sorelle si riposavano, tornò da sola al lago.

Ma a pochi passi dallo specchio d'acqua, scoprì di non essere affatto sola. Sulla riva c'era una ragazza, INFAGOTTATA in un grosso salvagente e un paio di braccioli, che fissava timorosa la superficie dell'acqua.

Kalea strabuzzò gli occhi... era ANYA!

Ma cosa stava facendo conciata così?

Incuriosita, la principessa arretrò di qualche passo per osservarla senza farsi notare.

Anya aveva un'espressione terrorizzata e continuava a guardare la superficie del lago come se da un momento all'altro dovesse uscirne fuori un mostro marino.

Kalea la vide prendere un grosso respiro, poi allungare un piede, intingerne la punta nel lago... e ritirarlo subito, come se avesse preso la scossa!

Solo allora Kalea capì:
Anya aveva paura dell'acqua!

La ragazza non riuscì a trattenere un'esclamazione di stupore, facendosi scoprire. Anya la vide e divenne **ROSSA** come un peperone.
Poi, con aria altezzosa, disse: – Brava, hai scoperto il mio segreto! Adesso correrai a dirlo a quelle impiccione delle tue sorelle!
In effetti, **YARA** e le altre si sarebbero divertite molto scoprendo il segreto di Anya. Ma qualcosa, nel cuore di Kalea, le suggerì che sarebbe stato ingiusto.
– Tranquilla, non lo racconterò a nessuno – rispose allora. *– Sarà il nostro segreto!*

Dopo un attimo di silenzio, Anya mormorò:
– Davvero? Beh... allora... g-grazie.
Poi, mentre Kalea si allontanava, gridò:
– Sai, ho sempre ammirato la tua abilità nel nuoto... sei davvero bravissima!
Questa volta toccò a Kalea lanciarle uno sguardo incredulo: Anya che le faceva un complimento era una vera novità!
Improvvisamente, le venne un'idea: – Ehi! Che ne dici se... ti do qualche lezione?

L'IMPORTANTE È DIVERTIRSI

Per tutta la settimana seguente, Anya si allenò in gran SEGRETO sotto la guida di Kalea, che faceva di tutto per motivarla e al tempo stesso farla divertire.

La ragazza però non era per niente un'allieva facile: perdeva subito la pazienza e si demoralizzava se non vedeva rapidi miglioramenti.

Avrebbe voluto imparare a nuotare subito in modo armonioso e sicuro come Kalea, invece i suoi progressi erano piccoli e lenti.

– Non pensare a diventare subito la più brava di tutti, devi pensare solo a divertirti! – le consigliò Kalea durante una delle loro lezioni segrete.

– Vedrai che così otterrai molti più risultati!

– Per me non è facile – ammise Anya. Poi si giustificò: – Quando si è abituati a primeggiare in ogni cosa, è dura non farcela SUBITO... ma non pretendo che tu lo capisca, tu ti accontenti di essere una delle tante!
Kalea sospirò: *Anya era sempre la solita!*

– Non puoi essere la migliore in tutto, no? – disse. *– A volte è bello fare una cosa solo perché è divertente.*

Anya ci pensò un po' su, poi sospirò: – Scusa se ti ho offesa prima, a volte quando sono nervosa mi sfogo attaccando gli altri... Sai, in fondo, forse hai ragione: nuotare non è così male...

Kalea le sorrise: – Allora, che ne dici, facciamo una nuotata fino alla spiaggetta che ti ho mostrato ieri?

– Va bene, ma dammi qualche bracciata di vantaggio! – esclamò ANYA prima di tuffarsi in acqua, ridendo divertita.

Finalmente arrivò il giorno della nuova lezione di nuoto: gli allievi dell'Accademia Reale non avevano parlato d'altro per l'intera settimana ed erano ansiosi di tuffarsi!

Quel mattino, poi, il sole splendeva in cielo e l'acqua del Lago Blu sembrava ancora più invitante.

– Speriamo che nessuno ci rovini il divertimento un'altra volta! – disse il principe Marl.

– Tranquillo, sono certa che non accadrà – lo rassicurò Nives.

– E come fai a esserne così sicura? – le chiese il ragazzo.

Yara precedette la sorella e rispose: – Perché dopo la lezione che gli abbiamo dato, EGOR ci penserà due volte prima di attaccar...

SAMAH le tappò rapida la bocca.

– Chi è Egor? – domandò Marl, confuso.

– Egor è... il nome di un polpo! – intervenne Diamante.

– Si era intrufolato nel lago chissà come e quelle **macchie nere** in realtà erano... ehm... il suo inchiostro!
– Proprio così! – aggiunse la gemella. – Ma ora per fortuna **SALIS** lo ha ripescato e... lo ha liberato nel suo habitat naturale!
– Ah, ecco spiegato il mistero delle chiazze scure allora! – rise il principe.

Le principesse si unirono alla risata e tirarono un sospiro di sollievo.

– Yara, devi fare più attenzione! – sussurrò Samah alla piccola del gruppo. – Lo sai che nessuno deve scoprire la nostra **identità** di Guardiane di Incanto!
– Hai ragione! – si scusò Yara. – Ma sono così felice di aver sconfitto i **PIANI MALVAGI** di Egor, che vorrei gridarlo al mondo intero!

– Beh, ti capisco molto bene – le sorrise Samah, facendole l'occhiolino. – Ma la nostra missione deve rimanere segreta per il bene di tutta Incanto, non scordiamocelo mai!

– Bene, ragazzi! – esordì la professoressa Ondine. – C'è qualcuno che vuole tuffarsi in acqua per primo?

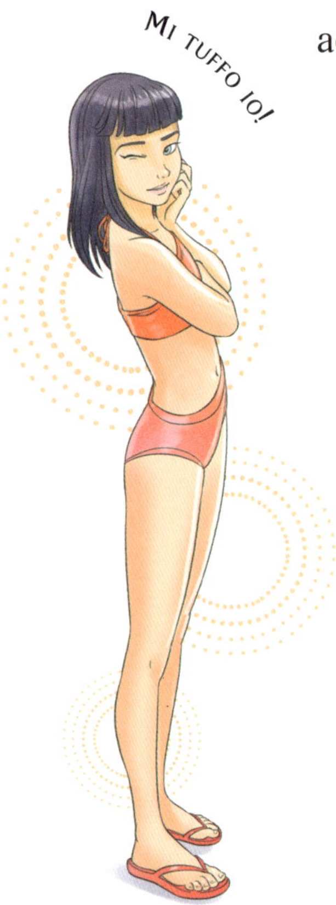

Molte mani si sollevarono, ma una voce squillante sovrastò tutti.

– Mi offro io!

– Anya?! – esclamò Yara.

– Ma se l'altra volta non volevi nemmeno entrare nel lago! Che cosa è successo?

– Ho semplicemente cambiato idea... – disse Anya, sorridente e allegra come non l'avevano mai vista. – Forse sguazzare in acqua non sarà molto regale, ma un

buon regnante deve sapere anche divertirsi.
Dico bene... Kalea?
E strizzò l'occhio alla principessa, appena prima di TUFFARSI in acqua.

Le sorelle guardarono Kalea incredule, ma la ragazza sollevò le spalle con aria innocente e si tuffò a sua volta nel lago, seguita ben presto da tutti gli altri allievi. Fu una giornata davvero indimenticabile!

RAGAZZI, FATE ATTENZIONE!
ARRIVOOO!
DIVERTENTE, NO?
EH SÌ!

ANDIAMO!
TUFFIAMOCI!
CHE BELLA GIORNATA!

INDICE

TERRE DI INCANTO

1. ACCADEMIA REALE
2. BAIA DEL LEONE
3. PIANA DEL VIANDANTE
4. SORGENTE DELL'INFINITO
5. LAGO BLU
6. CRATERE ARDENTE
7. PICCO DELLA PENA
8. CATENA DEL GELO
9. ROCCA DELLE RONDINI MESSAGGERE
10. FIORDO DELLE SIRENE
11. PALUDE DEI SOGNI
12. SECCA DELL'OBLIO
13. COLLINE DEL SILENZIO
14. GROTTA DEI SEGRETI
15. LA FORESTA DELLE BETULLE

8
7
6
9
4
3
10
2
5
1

ACCADEMIA
REALE DI INCANTO
15
1
12
14
11
10
13
1. TORRE VEDETTA
2. TORRE RUBINO
3. TORRE MADREPERLA
4. TERRAZZO DEI SOSPIRI
5. DORMITORI FEMMINILI
6. DORMITORI MASCHILI
7. SALA DA BALLO
8. SALA GRANDE
9. AULA MAGNA
10. DORMITORI DEGLI INSEGNANTI
11. BIBLIOTECA
12. STANZA DEI SEGRETI
13. CUCINE
14. PALESTRE
15. LABIRINTO
16. LAGHETTO DI CRISTALLO
17. SCUDERIE
18. SERRA DELLE PIANTE PERDUTE
E DIMENTICATE

2
16
6
7
17
8
3
4
9
5
18

LA COLLANA

1

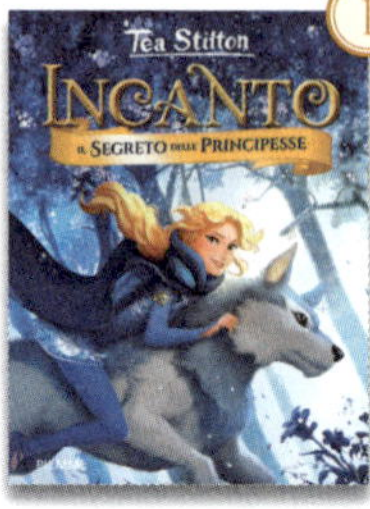

IL SEGRETO
DELLE PRINCIPESSE

2

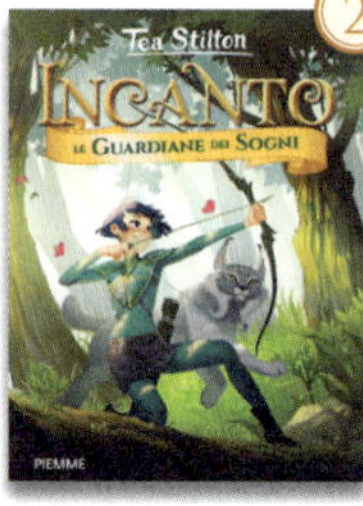

LE GUARDIANE
DEI SOGNI

3

LA MAGIA
DEI RICORDI

4

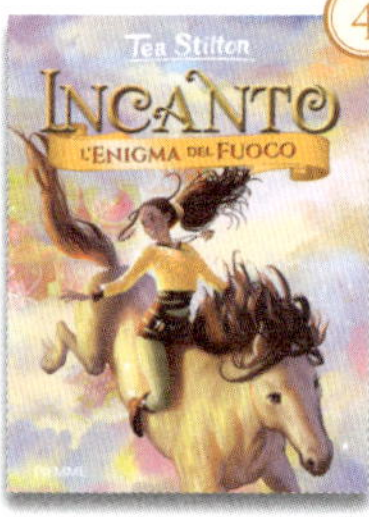

L'ENIGMA
DEL FUOCO

5

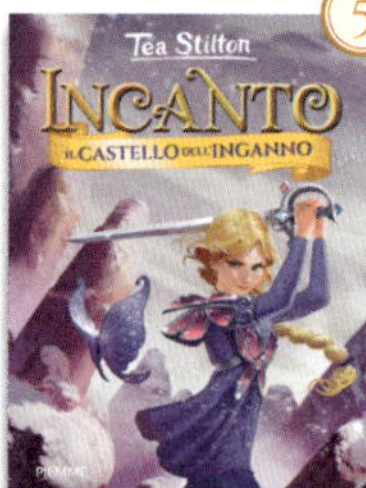

IL CASTELLO
DELL'INGANNO

6

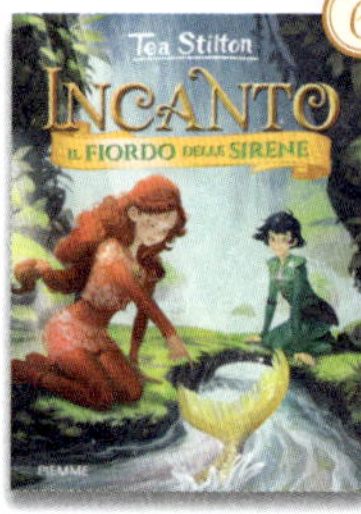

IL FIORDO
DELLE SIRENE

7

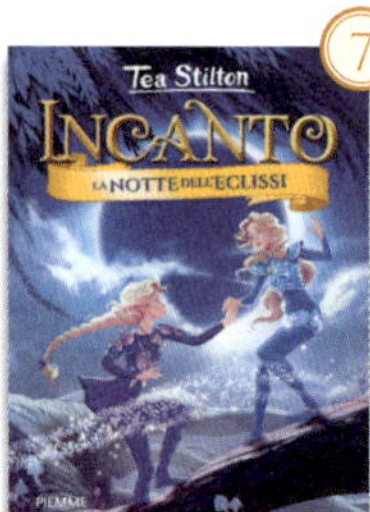

LA NOTTE
DELL'ECLISSI

8

IL SOFFIO
DELL'INVERNO

9

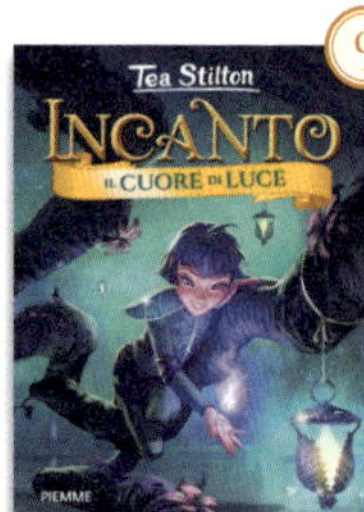

IL CUORE
DI LUCE